La hora del

por **Lucy Malka**

ilustrado por **René King Moreno**

traducido por **Esther Sarfatti**

Bebop Books

An imprint of LEE & LOW BOOKS Inc.

Pongo mi pelota en la bañera.

Pongo mi patito en la bañera.

Pongo mi cubo en la bañera.

Pongo mi pala en la bañera.

Pongo mi barquito en la bañera.

Pongo mi perro en la bañera.

¡Oh, no!